LE PÈRE NOËL
ET LES FOURMIS

Loi n° 49.956 du 16 juillet 1949 sur les publications
destinées à la jeunesse : septembre 1991
Dépôt légal : septembre 1991
Imprimé en France par Tardy-Quercy S.A. à Bourges
Numéro d'imprimeur : 16695

PHILIPPE CORENTIN

Le Père Noël et les fourmis

lutin poche de l'école des loisirs
11, rue de Sèvres, Paris 6e

Jadis, quand le Père Noël passait par les cheminées, on pouvait parfois le surprendre.
Quelques-uns s'en souviennent encore.

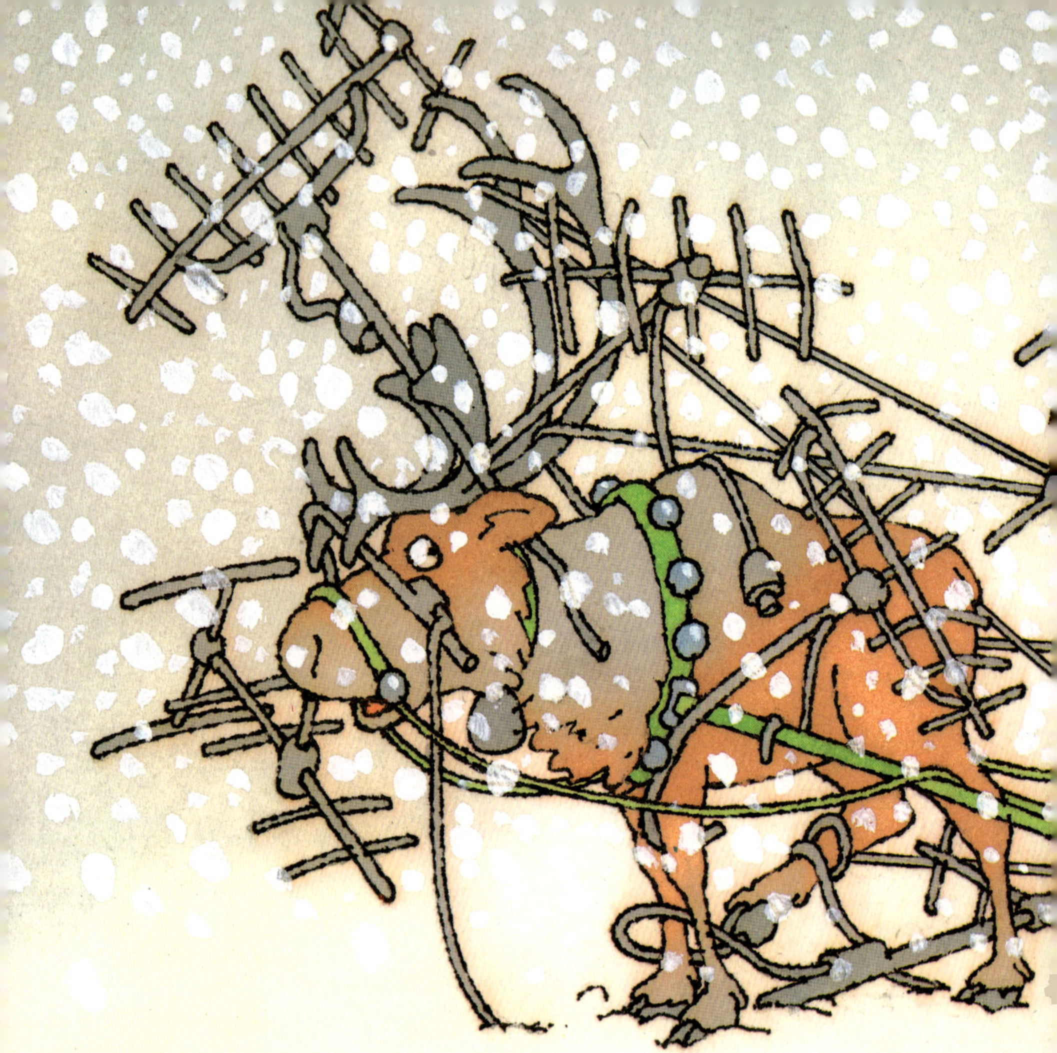

Mais les antennes de télévision envahirent les toits.
«On ne peut plus atterrir. Ça devient impossible!» s'exclama Scrogneugneu.
Scrogneugneu, c'est le renne du Père Noël.

Puis, en pénétrant dans une cheminée, le Père Noël s'aperçut qu'elle avait été murée. Un poste de télévision l'avait remplacée. «Ça devient impossible!» s'exclama le Père Noël qui dut trouver un autre moyen de livrer ses jouets.

Il essaya de passer par les fenêtres. Plusieurs fois il faillit tomber. «Moi, si j'étais toi», lui dit Scrogneugneu, «je passerais tout simplement par les portes. C'est moins dangereux!»

«Ça, ce n’est pas bête!» dit le Père Noël qui en avait assez de jouer les acrobates. Mais les uns le prirent pour un vendeur de savonnettes et d’autres pour un cambrioleur.

Il chercha une autre solution et crut l'avoir trouvée en passant par les vide-ordures.

«Tu sens le vieux chou-fleur. C'est insupportable!» ronchonna Scrogneugneu qui l'attendait près des poubelles.

C'est vrai qu'il sentait le vieux chou-fleur, le Père Noël. Il décida alors de rapetisser afin de pouvoir passer par le trou des lavabos.

«Je suis trempé et je m'enrhume!» renâcla Scrogneugneu.

«Ça suffit! Moi aussi!» s'énerva le Père Noël entre deux éternuements.

Un peu plus tard, s'étant perdus dans les canalisations, ils débouchèrent dans une baignoire. Il s'y trouvait déjà une souris. Épuisée, elle n'arrivait pas à en remonter les parois. « Tenez-vous à moi! » lui dit le Père Noël. « Scrogneugneu va nous sortir de là! »

La souris, une fois sauvée, s'étonna de la taille du Père Noël qu'elle croyait beaucoup plus grand. Il dut lui expliquer pourquoi il avait été obligé de se rapetisser.

«Mais pourquoi ne pas vous servir de nos galeries?» proposa la souris.
«Nous avons des trous partout et au moins vous serez au sec.»

Le roi des souris ne fit aucune difficulté pour accorder son droit de passage.
«Mais pourquoi ne prenez-vous pas une de mes sujettes pour tirer votre traîneau?» conseilla-t-il au Père Noël. «Elle au moins ne se perdra pas!»

«Pourquoi pas!» dit le Père Noël,
«Scrogneugneu est enrhumé,
un peu de repos
lui fera du bien.»

Le Père Noël, en acceptant, n'avait pas pensé aux chats.

Un soir, alors qu'il attendait que le chat de la maison s'endorme, il fut abordé par une fourmi. Elle aussi s'étonna de la taille du Père Noël et surtout de son curieux attelage. Il dut encore une fois raconter son histoire.

«Mais pourquoi ne pas employer nos galeries?» dit la fourmi. «Nous en avons autant sinon plus que les souris.»

La reine des fourmis exigea deux tonnes de miel et huit cents pots de confiture de fraises. Elle était très gourmande. Elle était aussi très curieuse.
«Et comment les enfants vont-ils retrouver vos jouets devenus si petits? Hein?»

«Ne craignez rien, Votre Majesté, les cadeaux reprennent leur taille normale dès mon départ.»
Le Père Noël retourna chercher Scrogneugneu chez les souris et ils rétrécirent encore un peu plus.

C'est pourquoi, aujourd'hui, on ne voit plus le Père Noël.

À moins d'être très patient et
très, très attentif.